KB147101

즐거운 무언극

| 시인의 말 |

어릴 적 달을 건질 수 없으면 부수어버리자고 시냇물에
떠서 흘러가지도 않는 달에게 돌을 던졌다
그 습관이 지금도 남아 고뇌하지 않고 시를 건지려고
무료하게 앉아 물소리의 메아리 들을 때 있다

육각형의 세포가 껍질 표면으로 점점 선명하게 나타났다
풀잎들이 잔잔하게 먼 곳으로 손짓한다 그제야
소리 없이 달려오는 바람, 머릿속의 온갖 공상과
시적 대상물의 진실이 충돌하고 화해하는 모양이다

그래도 세상에 나온다는 것은 쉬운 일만은 아니다
앞으로도 그럴 것이다 처마 끝에 고드름이
할머니의 닳은 틀니처럼 털썩털썩 빠지고 있다
파편이 흩어지고 세상은 또 한 계절이 바뀌고 있다.

2016년 6월
허 열

| 차례 |

제2부

제3부

제4부

제5부

제1부

파도

바람으로 부화한 흰 나비 떼
넘실넘실 어깨춤 추며 뭍으로 침투한다
마치 괭이갈매기 떼의 상륙작전 같다
철책이 없는 해안선은 무방비 지대
철썩철썩 무너지고 또 무너져도
바람의 입술은 휘파람만 계속 분다
빼앗을 것은 아무것도 없는데
바다는 제 몸을 벗으며 끝없이 침공한다
망망한 바다에 와서 막막함을 바라보니
가슴속에 출렁이는 노을빛 파도
부딪히면 부서지던 아득한 욕망의 꿈
바다의 끝에 와서야 모두 내려놓는다
생이란 잠시 동안 출렁이는 파도 혹은 포말
욕망의 전선에는 도대체 은유가 없다
구름 한 점 숨을 곳 없는 수평선에 와서
세상을 삼키려고 다시 알을 낳는 흰 나비 떼.

그림자

서리 벽에 매달린 십일월의 쓸쓸한 모래밭에
물새 한 마리 제 발자국 찍어 길을 내다가
우두커니 서서 한 사람 돌아다본다
그는 순간 찔끔한다, 그의 진면목을 보았을까
모래 한 톨 묻지 않은 가볍고 얇은 발바닥
찍어도 찍히지 않는 세상의 모래밭에서
움직이지 않으면 실체도 허상이 된다
물새는 거친 모래밭을 가벼이 걷는다
무소위(無所爲)의 발자국은 그림자도 흐리다
새들이 높이 날아올랐다가 사뿐 내려앉는다
위의 크기에 맞추어 사냥하는 새들이 부럽다
부리마다 걸려 있는 죽은 생명의 검은 눈
존재의 증발이 실시간으로 녹화되는 세상
아프다 삶의 길모퉁이에서 날개 펴지 못하는
빈손, 발목에 반쯤 고여 있는 그림자를 본다.

섬

하루에 단 한 번 붉게 떠오르는
찬란한 아침 태양을 맞이하기 위하여
섬은 하루에도 수천 번
제 몸을 정갈하게 씻는다
쏴아쏴아! 물 끼얹는 소리
철석철석! 몸 파도치는 소리
여명(黎明)에서 여명까지
잠 못 이루고 신음 소리 깨물며
온몸을 감싸 안는 물빛 의성어(擬聲語)
그 뜨거운 순수의 몸짓으로
섬은 온종일 눈부신 햇살에 젖어 있다.

목련새

백조가 목련나무에 떼로 앉아 졸고 있다
가끔 날개 퍼덕이며 잠투정도 한다
평생 소복을 걸치고 살아도
울음 한번 울지 않는 독한 새
어느 창공에서 날개 펴들고 알몸으로
지상에 내려와 황홀한 꿈 꾸고 있나
잠시 자고 깨면 날아가버릴 시간의 저편
어느 따뜻한 나라의 길손이던가
질긴 생의 불타는 아지랑이 손짓한다
올해도 몸만 풀고 흔적은 지우지 못해
커피색 하혈을 쏟은 자리 밤은 깊어
새들은 취한 듯 흔들리면서 자꾸 떨어지고
이 봄 악착같이 살아내자고 이 악물던
가지에는 꽃샘바람이 푸른 날개를 흔들고 있다.

눈꽃 나무

눈이 내린다 하늘에서 버림받은 것들이
지상으로 내려와 언 나무들을 감싸주고
모든 나무에 하얀 꽃을 달아준다
눈은 세상에 내려온 구름 같은 존재
상처 입은 것들을 소리 없이 보듬어 덮어주고
메마른 겨울 잎과 뿌리가 촉촉이 젖도록
제 몸 녹여 한 몸으로 스며든다
나무들은 목숨 길지 않은 눈들의 몸을 받쳐주고
무너져가는 그들의 최후를 지켜본다
밝은 태양이 빛나고 맑은 바람이 불어오면
나무들은 저항하지 않고 스러지는 눈들을
티끌 하나도 지상에 남지 않도록 말끔하게
조용히 눈들의 잔해를 풍장해준다
그리고 하늘을 향해 손끝이 파릇해진 가지들을
힘차게 뻗어 바람의 박자대로 흔들어준다.

홍대역 9번 출구

참 젊다 참 많다 청춘이, 안내판이 둥둥 떠 있는 홍대역 9번 출구는 배낭 메고 떠밀려 다니는 피난길 행렬, 발 달린 구름 떼가 둥실둥실 떠다닌다 팔방에서 몰려온 각양각색의 신발들이 구름 터널 속에서 발 크기를 서로 재다가 부딪히기도 한다 언제부터인가 서교 벌판에 학교가 들어선 뒤 점차 지하철 입구와 출구가 풀어놓은 젊은이들이 가득하고 스크럼을 짠 듯 그림자도 풋풋한 푸른 청춘들 모였다 인파 따라 모이는 주택은 상점이 되고 식당이 되고 갤러리가 되어 학교 캠퍼스엔 조각상이 웃고 학생들이 웃고 미국에서 중국에서 동남아에서 온 유람 학생들은 휴대전화로 풍경을 담아 제 고향으로 보낸다 찍어봐야 9번 출구 근처에서 인화되는 사진 지하철은 덩달아 밤늦도록 만원이다. 이제야 이유도 없이 치솟는 땅값 집값 알겠다 20여 년 전에 산 허름한 집을 20억 원에 팔고 변두리 넓은 아파트로 이사 간 운 좋은 과수댁도 홍대역 9번 출구 근처가 발복지(發福地)였다 젊은이들의 희망가 합창 소리에 홍대역은낭만에 젖어 덩달아 흥겹다 참 젊다 참 많다 청춘이.

근황(近況)

오늘도 텔레비전부터 결제하고 다음 행동을 시행한다 백억 광년 떨어져 있는 별들이 혼돈으로 블랙홀에 떨어지고 싸늘해진 그들은 아무 빛도 내지 못한다 지상의 빛바랜 작은 별 하나도 끝없이 추락하여 결국 멍청한 상자에 갇혀버리고 다시 우주는 캄캄하다 언젠가 우리는 모두 추락한다 느낄 수는 없지만 매일 키가 작아지고 앉은 채 제 몸에 주름을 긋는 얼굴을 만난다 언제부터인가 등산용 지팡이가 세 개쯤 문 안에 서 있고 지나가는 유모차가 이제 낯설지 않다 식은 녹차잔에 남아 있는 물이 아직 진한데 깜박 잊었나, 젖은 오징어 조각이 초고추장 종지에 빠져 있다 무엇 하나 맺고 끊은 자리가 없는 것이다 할미꽃이 고개를 내밀 때쯤 봄볕이 잠시 일렁이지만 온기가 없다 갑자기 동공이 커질 일은 없을 것이지만 허리를 짚고 잔기침을 자주 하는 사람의 잔영이 눈에 어른거린다 나이 들수록 가족들의 건강에 대한 의심은 불빛 같은 것이어서 때로는 흔들린다 계산되지 않은 세월의 여백에 빈 의자들이 하나씩 늘어 휑뎅그렁하다 그 모습을 나는 한참씩 들여다보고 있는 것이다.

저녁 바람의 일기

그녀가 공과금 납부했느냐고 전화로 물었다
그리고 들어올 때 대추방울토마토 한 팩과
상추 반 근 오이도 몇 개 사 오란다
2kg짜리 현미와 잡곡도 알아서 사 오란다
퇴직 이후 결제권이 없어진 뒤부터
그녀에게 아무것도 주지 못했다
내일 우리는 아침부터 서로 다른 병원을
예약된 대로 알아서 갈 것이다
가야 할 병원이 한두 곳이 아니라서 불편하지만
방향과 교통편을 미리 알아두고 소풍 삼아 갈 것이다
허리 굽은 각도가 눈금을 조금씩 내리고
가끔 낮은 땅을 헛딛듯 휘청할 때도 있다
저녁 햇살이 유리창에 산나리꽃빛으로 비칠 때
방 안에 먼지가 담배 연기처럼 환하다
텅 빈 거실에 쓸쓸함을 느끼는 소슬바람이 서늘하다
시들어가는 열무 단이 시장에서 떨이로 팔리는 저물녘
구부정한 그녀가 작은 카트를 끌고 별을 따러 다닌다
나는 그녀가 좋아하는 매콤한 아귀찜을 포장해서
사 올 것이다 분명 못 살 것이므로.

눈 내리는 밤

오로라의 땅을 긴 꼬리 흰여우가 방황하고 있다
사르륵사르륵 물레 잣는 소리로 눈은 쌓이고
골짜기마다 얼어터진 상처를 붕대로 감싸고 있다
설피도 신지 않은 눈사람들이 이따금
발자국 없이 힘겹게 어디론가 지나가고 있다
산다는 것은 흔적을 지우며 쌓이는 눈 같은 거
뭉쳐지지도 않고 녹여버릴 수도 없는 미망(迷妄)
눈발 속에 하얀 벙어리 백치들이 잔치를 연다
동굴 속에는 눈에 불을 켠 짐승들이
잿빛 하늘을 원망하듯 올려다보고 우우~ 운다
눈의 바다를 건너지 못하는 가난한 사람들은
쌓인 쌀가루를 녹여 맹물을 마실 것이다
낮도 아니고 밤도 아닌 세상은 회색 그림자
다리 짧은 짐승들이 눈에 갇혀 꼼짝 못 한다.
내린 눈은 밤을 해제하고 공평하다 외치는데
나무를 팔지 못한 나무꾼은 땟거리가 간 곳 없다.

만추 일기

호화 캘린더 안에서 말없이 꽃이 졌다
숲의 갈색 눈썹이 더욱 짙어졌다
까마귀밥으로 남은 장난감 감이 아직은 붉다
까치가 물고 온 노을이 저녁 하늘을 밝힌다
동면기가 초승달만큼 남아 아직은
까마귀를 기다리는 사람은 없는데
괜스레 베푸는 사람의 자비가
남은 빈 하늘을 더욱 스산하게 한다
이제 찬바람은 점점 세게 불어올 것이다
마른 장작은 아직 준비되지 않았다
겨울을 버텨나갈 친구들을 불러
노을빛 운명에 대하여 웃으며 노래할까
말없이 사라져간 꽃들 벌써 그립다
남은 자들만 불러 모아 춤을 추어야겠다
세차게 부는 바람의 박자에 맞추어 오래도록.

굴렁쇠

등 떠밀려 굴러가는 녹슨 생이 있다
쉬지 않고 움직여야 겨우 살아가는 바닥의 생
하루에도 몇 번씩 돌부리에 차여 넘어져도
구르지 않으면 푸른 심줄 이을 수가 없다
잠시라도 쉬면 그만큼 갈 길은 더욱 멀어
빛나는 쇳소리 쩡쩡 울리고 언덕을 넘도록
무딘 쇳덩이 불에 넣어 담금질도 해야 한다
너를 떠미는 세상이 밉고
나를 떠미는 세월도 밉지만
팍팍한 세상길은 언덕길 아니면 비탈길
휘어진 허리가 네 등에 얹혀 있다
발톱 없는 발가락이 전장을 끌고 간다
고단한 언덕길의 생이라 할지라도
무쇠 발로 뛰는 자는 그대뿐
쓰러질 듯 쓰러질 듯 비틀거리는 삶이라도
파란 지평선에 붉은 노을 젖어오면
황홀하게 빛나는 굴렁쇠 하나 볼 수 있으리.

단풍잎 바라보면

곱게 물든 단풍잎 가만히 바라보면
보송보송한 가슴속 눈물이 고여
그냥 아름답다 말할 수는 없네
슬픔도 세월을 넘어 자꾸 달이면
너처럼 곱게 삭은 물빛으로
아름답게 늙을 수 있는 것인가
지금 우리는 어떤 색깔의 잎으로
물들어가고 있는 것일까
온몸 가득한 욕심으로
검붉고 칙칙한 빛깔은 아닐까
지금 세상의 땅 한 번 밟지 않은
성녀들의 다비식으로 활활 타는데
불길 너머 보이는 파란 하늘 문에서
가슴속 비웠느냐고 자꾸 물어보네.

즐거운 무언극

지하철에서 옆자리 앉은 어린아이가
가만히 앉아 있는 나의 팔을 툭툭 친다
쳐다보지도 않고 아무 말도 하지 않는다
열차가 역에 설 때면 더 세게 친다
졸지 말고 빨리 내리라는 뜻인지
심심하니 장난 좀 더 하자는 것인지
알 수 없는 표정의 실눈을 뜨고
점잖은 모습으로 앉아 있는 아이
그러다가 또 생각난 듯 툭 친다
장난을 받아주니 재미가 붙나 보다
그래, 네 재미를 위해 북이 되어주마
지금 이 순수한 아이는 아무 거리낌 없이
세상 때의 겹옷을 입은 나를 친구로 대한다
지옥 세상이 필요 없는 보살이 아닌가
아이의 통통한 손목이 애기 부처 닮았다.

상감청자

지는 해가 서러워 울어대는 까치가 바라보는
고려 적 저녁 하늘빛이 저런 색이었을까
삼별초군이 장렬하게 죽은 탐라의 쪽빛
앞바다가 저런 빛이었을까
달빛도 아니고 별빛도 아닌 푸른 샛별
초저녁과 새벽의 하늘빛은 분명
집념에 찬 도공의 눈빛 혹은 명장의 검 빛
제 살을 흙으로 삼아 뜨거운 가슴과
혼으로 빚어낸 청자 아, 상감청자구나
거기에 붉은 노송이 의연하게 가지를 뻗고
세상을 등진 고려의 학이 아직도 금식 중이다
푸르른 혼이 어린 실안개 속 마술이다
살과 뼈와 영혼이 너울너울 춤춘다
지문 없는 피 맺힌 손 천년 뒤에 수런거린다
제 혼을 남겨두고 몸만 떠났던
천년 도공의 물빛 울음소리 들린다
앞으로 또 수수천 년 그 누가 있어
사라진 제국의 잠자는 혼을 일깨울 것인가
우리는 서로 마주 보고 긴 울음 울 것이다
송악산 불어오는 천년 바람 소리 들을 것이다.

제 2 부

그 여름의 이야기 (1)

— 어린 인민군

천구백오십년 칠월 어느 날 아홉 살인 나는 집 뒷동산 항공기 감시초소에서 열일곱 살 앳된 인민군 보초병과 놀면서 애국가를 불렀다 그는 다른 데 가서 애국가 부르지 말라며 대신 행군가조의 빨치산 노래를 가르쳐주었다 그는 보초 당번일 때면 나를 불렀고 양배추 말린 거며 누룽지도 가끔 가지고 왔다 나는 장총을 끌듯이 메고 다니던 그를 따랐다 그러던 어느 날 그는 집으로 와서 이별의 말을 하였다 이제 전선으로 갈 것 같으니 너를 다시 볼 수 없을 거라며 오래오래 잘 있으라고 말하였다 황해도 황주에서 살았는데 모를 심다 잡혀와서 일주일 군사훈련 받고 배치되었다는 그는 풀 한 포기도 살아남지 못하였다는 낙동강 전선에서 무사히 살아 돌아갔을까 지금 살아 있으면 팔순이 넘었을 그 사람 이제는 얼굴도 기억나지 않고 노랫말의 기억도 희미한데 그때의 아카시아 숲 속 감시초소는 철책으로 바뀌어 휴전선 동과 서로 빽빽하게 들어서 있고 아직도 서로 다른 주장의 노래를 깃발처럼 부르고 있다.

그 여름의 이야기 (2)
— 인민군 주방장

경인년 구월 중순일 것이다 어느 날처럼 동네 아낙들 몇 명은 인민군이 점령한 도립병원 식당으로 부역 나가고 중늙은이 남자들 몇 명 툇마루에 모여 앉아 어지러운 시국 걱정하며 한숨 쉬고 있었는데 병원의 함흥 출신 인민군 주방장이 아바이들 몸보신하라며 두어 근쯤 되는 돼지고기를 마른 행주에 싸서 가지고 왔다 전쟁통에 고기라니, 너무 고마워하며 초로의 영감들 날랜 솜씨로 고추장불고기 만들어 석쇠에 구워 먹었는데 그 시절 그 귀한 고기 맛이 어찌나 좋았던지 순식간에 게 눈 감추듯 먹어치웠다 세상을 걱정하던 혓바닥은 간 곳 없고 모두 아쉬운 표정으로 감질난다고 껄떡거렸다 나도 그들의 어깨 틈 사이로 두어 점 얻어먹었는데 요즘의 요리 명장도 아마 그때의 그런 맛은 낼 수 없을 것이다 그가 떠날 때는 일주일쯤 있으면 국방군이 들어올 테니 병원에서 부역한 사람은 잠시 피해 있으라는 말까지 일러주었다 육십 년이 훌쩍 지난 지금도 그때의 돼지불고기와 고마운 주방장 생각하면 가슴이 뭉클하다 그 한 끼를 맛있게 드신 그때의 아버지와 그의 친구분들 이젠 모두 자취 없고 살아 있으면 아흔 살은 넘었을 성도 모르는 그 텁석부리 함경도 아바이 주방장은 원망도 못 하고 고생만 하다가 어느 세월의 무덤 속으로 갔을지 모른다 지금도 가끔 돼지불고기 먹을 때면 그때의 주방장 문득문득 생각난다.

그 여름의 이야기 (3)
— 밀고

세금의 근거로 밭에서 이삭을 세던 내무서원과 인민군이 물러가고 국군이 들어온 것은 일주일쯤 뒤 시월이었다 그리고 어머니가 총살대 앞에 불려간 것은 며칠 후였다 인민군 병원 식당에 부역했다는 죄목으로 동네 부녀자 오륙 명이 불려나왔는데 취조하는 대장이 재판하듯 문책하고 마지막 할 말이 없느냐고 엄포를 놓고 물었다 그리고 사색이 된 여인들에게 죽어도 다시는 적군에게 부역하지 말라며 풀어주었다 선발대에 걸렸으면 무조건 총살감이라 했다 하늘이 무너지는 듯한 사건은 친했던 이웃 아주머니의 고발로 생긴 사건이다 사실 군부대가 철수할 때 식당 주방장이 한 일주일 있으면 국방군이 들어올 테니 부역했단 말 하지 말고 며칠 피해 있는 게 좋겠다며 인사하고 떠났었다 그런데 어머니는 병원 환자 밥해준 것도 죄가 되느냐며 피하지 않은 게 잘못이었다 그땐 어린 나도 공포에 떨었다 그때 충주도립병원은 인민군이 점령 군병원으로 사용하였다 수복 후 인민군에 부역이나 사역한 사람들은 조사해서 경중에 따라 총살시키거나 재판 없이 형무소로 보냈다 그때 선발대에 걸린 사람 가운데 죽은 자 많았다고 한다 공산조직 보도연

맹에 가입해서 악질 노릇한 사람이나 헛소문에 휩쓸려 별로 죄도 없는 사람이 거꾸로 북으로 피난 간 사람들이 많았다 그 당시 오십 세의 젊지 않은 어머니가 충격적인 수모는 겪었지만 우리 가족은 그 덕에 팔순의 할머니 모시고 그 여름 삼 개월 굶지 않고 지냈다 그리고 인민군보다 무서운 건 보위부와 빨치산 출신 순 공산주의자인 것도 알았다 그 당시 고종사촌 형이 국군 장교라서 두려움이 많았던 기억도 난다 전쟁이 나면 군인만 죽는 게 아니다 이런저런 이유로 민중도 안팎곱사등이가 되어 희생을 당한다 서로 간에 불신이 팽배하여 사회 붕괴 현상이 일어난다 때로는 부모도 버리고 자식도 버린다 질병도 확산된다 모든 게 엉망이다 살아도 사는 게 아니다 전쟁은 안 된다는 절대 이유가 여기에 있을 것이다.

그 여름의 이야기 (4)

— 피란

한국전쟁이 나던 칠월 초쯤 어머니와 피란 겸 친척집에 다녀오다 충주시 살미면 작은 마을 호미실 뒷산에서 아군과 인민군이 싸우는 전장의 한복판 골짜기를 지나게 되었다 군인들은 안 보이고 겁에 질린 피난민들만 골짜기로 몰려 기면서 고개를 넘어가는데 유탄 맞아 쓰러지는 사람 많았다 어느 가족은 둘씩이나 쓰러졌는데 쓰러진 아비는 보리 짚단 속에 두고 부인은 들쳐 업고 허둥대며 가는 모습도 보았다 이를 목격한 어머니는 외아들 다칠세라 혼비백산하여 방향도 모르고 오히려 양쪽 군인들 총질하는 산 쪽으로 올라갔다 소리소리 쳐서 겨우 찾아 내려와 함께 고개 넘어 폐광에서 다른 피난민들과 잠시 숨으려 하는데 국군 칠팔 명이 들어와서 피난민인 걸 확인하고 먹을 것을 찾았다 어머닌 할머니 드리려고 얻어 온 생쌀을 군인들에게 나누어 주며 물 마시고 꼭꼭 씹어 먹으라고 하였다 나머지는 피난민들과 조금씩 나누어 먹으니 쌀 한 말이 금시에 동이 났다 날이 새어 시내 집으로 가려 하니 전쟁을 겪었다는 어느 어른이 지금은 시내가 위험하니 하룻밤 더 묵고 가는 게 좋겠다 하여 그러기로 하였다 남은 피난민과 산전(山田)에서 감자를 삶아 먹었다 밤별은 유난히 크게 반짝이고 하늘은 깊었다 그해는 전쟁 전부터 아주 이상한 일들이 일어났다 달이 떠올라도 붉은색에 무척이나 컸다 마치 저녁노을을 한 아름 동산에 올려놓은 듯했다 단월동에 있는 임경업 장군을 모시는 충렬사 사당의 비석에서는 계속 물(사람들은 눈물 혹은 땀이라 했다)이 흘러내렸다 나라에 큰 변란이 일어날 때마다 그런 일이 발생한다는 것이다 나도 돌아온 집에는 별탈이 없지만 할머니와 아버지는 고생한 얘기 듣고 우셨다 긴 장총을 메거나 짧은 따발총을 메고 다니는 인민군을 만나면 무서웠지만 아무 행패 없이 지나다녔다 그러나 공습 때 만나면 좀 무서웠다 비행기에서 사격을 하기 때문이다 밤이 되면 도시는 암흑천지였다 전기는 끊기고 등화관제(燈火管制)에 야간 통행금지는 여름 내내 계속되었다 그리고 민족전쟁은 3년이나 더 계속되었다. 사상자가 남북한 군인과 민간인 유엔군 중공군 합쳐 수백만 명에 이른다고 했다. 역사상 유례가 없는 동족상잔의 참화였다. 다시는 절대 일어나서는 안 될, 그리고 전쟁 원인을 제공한 나라도 절대 잊어서는 안 된다.

그 여름의 이야기 (5)

— 아버지

한국전쟁이 한창이던 늦은 여름 미군 전투 비행기 두 대가 충주 기차역을 기총소사(機銃掃射)할 때 마침 아버지와 나는 선산을 가는 중에 역 앞 큰길을 지나가고 있었다 비행기가 땅으로 꽂힐 듯이 낮게 내려와 콩 볶듯이 굵은 총알을 쏟아붓고는 다시 하늘로 굉음을 내며 치솟는 광경은 너무 무서워 숨도 못 쉴 지경이었다 역사(驛舍) 유리창이 순식간에 박살나고 민가의 지붕이 우지끈뚝딱 내려앉았다 불길도 치솟았다 나보다 더 공포에 질린 아버지는 거의 사색이 되어 정신을 못 차렸다 숨도 잘 못 쉬던 아버지는 길가 도랑으로 나를 낚아채듯 끌고 가 눌러 엎드리게 하고는 당신의 몸으로 나를 덮었다 아버지는 온몸을 떨며 땀에 흠뻑 젖었다 비행기가 돌아가고 한참 돼도 일어설 줄 모르던 아버지는 내가 비행기 갔다고 말해서야 겨우 일어나서 날 물끄러미 바라보았다 눈물 그렁거리고 얼굴이 백지장이었다 자식 앞에 당신 목숨은 없는 것이었다 총알은 열 명도 더 관통할 수 있을 텐데 아버지는 다른 수가 없었던 것이다 사랑하는 아들을 위해 육탄 방어밖에 생각이 안 나셨던 것이다 명성황후 시해되던 해 태어나신 아버지는 평소에 잘 웃지도 않으시고 매사에 엄격하셨다 그 조선의 아버지가 한참 전쟁 중인 이듬해 겨울 군대 후생 사업 차량의 사고로 돌아가셨다 전쟁 탓이었다. 그런데 아직도 한국전쟁은 끝나지 않은 휴화산이다. 그리고 이를 즐기려는 나라도 분명 있다.

달과 까마귀*

밤 까마귀들 검은 전깃줄에 웅크리고 앉아
살기 어린 그림자들을 감시하고 있다
달빛도 두려워 구름 뒤에 숨어 있는 밤
시절 모르는 반딧불이만 암호를 풀듯
철조망 넘나들며 무심으로 날아다니고
산그늘마다 숨어 있을 싸늘한 붉은 눈
금방 시대의 고막을 찢고 터질 것 같은데
딱쿵! 벼락 치는 소련제 구식 장총 소리
티앙! 미제 M1의 반자동 소총 소리
도대체 누구를 관통하려는 것인가
쓰러지는 사람 모두 배달민족인데
사방은 등화관제(燈火管制), 불빛 없는데
흑과 백이 분명히 보이지 않는다
북쪽은 적군 남쪽은 아군이란 등식인가
정신병자가 일으킨 민족전쟁의 참화
너와 나를 갈라놓은 철조망이 가슴 아파
중섭은 아직도 이승의 전선에서 울고 있다.

* 이중섭이 1951년 피난시절 부산에서 그렸다는 작품.

그날

칠월 열이레 기우는 달이 제 길 가다 말고
아파트 옥상 난간에 걸터앉아
흐릿한 눈빛으로 사방 내려다보고 있다
경인년(庚寅年), 임오월(壬午月), 신묘일(辛卯日), 인시(寅時)*
맨 먼저 총 맞은 이의 무덤이라도 찾는 걸까
검버섯 같은 세월이 지나간 오늘, 또 새벽
금강산 구경 가서 북한군의 조준한 총에 맞은
여인의 슬픈 조문이라도 하려는 걸까
해변을 휘감은 안개에 젖어 철벅거리는 영혼
휴전선 경계 넘나들며 자유로울까
이제 그날같이 땀띠 솟아 쓰리고 아픈 날 없고
피난 짐 보퉁이 쌀 걱정도 없는데
안개비 소리 없이 내려와 가슴 적신다
(말만 풍성한 흔들리는—평화통일—)
아직도 우리는—전쟁 중인가—달이 멀겋게 진다
조선의 역사 민중들의 머리 한쪽이 삐딱하다.

* 1950년 6월 25일 한국전쟁 발발일의 태세(太歲).

달그림자

삭정이 가지 잘라 짧아진 등 굽은 할머니가
약발도 받지 않는 희미한 전등 들고
창백한 얼굴로 하늘 길 걸어간다
세월도 눈 흘기면 절름거린다는데
밤마다 지우는 그림자 누구였느냐
가시철망 두른 허리가 너무 아파
수십 년 속눈썹을 심었는데
아마 그때부터일 것이다
말은 들리는데 사람이 보이지 않는 것이
서로 몰라보고 원수가 돼 있는 것이
휴전선 새로운 역사의 단절이 시작된 곳
아우성과 통곡이 멈추지 않았던 곳
눈구름 천둥소리 참 오래도 으르렁거린다
달아, 그림자 없어도 좋은 선달 그믐날
우리 통 큰 마음 먹고 철조망 좀 걷어내자.

담쟁이넝쿨

네가 넘어야 우리도 넘는다
신발 끈 단단히 매어라
네가 살아야 우리도 산다
우리는 한 몸이다

강한 자 앞장서라
귀 없는 자 바람을 잡고
눈 없는 자 길을 잡아라
우리는 한 핏줄이다

폭풍우가 몰려온다 더욱 납작 엎드려라
이 고비만 넘으면 우리 모두 살 수 있다
낙오하지 마라 스크럼을 짜라
우리는 운명 공동체이다.

덫
— 일본 동북지방 2011년 3월

지진 활성대의 지표 위에 집 짓고 마그마가 숨어 있는 함정을 모른 채 살아가는 피할 수 없는 운명을 짊어진 사람들, 언젠가는 폭발할 막장이었는데, 감각으로 위험을 인지하는 동물과 벌레들은 떠나가고 양민들만 꿈속에도 생각지 못한 뒤집히는 땅 위에 섰다, 해일의 파고가 높고 땅은 끝없이 침하하더라 도망갈 수 없는 곳에서 빨리 피하라 경고 방송하고 높은 곳 없는데 높은 곳으로 올라가라 방송한다 없는 곳엔 있는 것도 없는 것이다 집이 무너지고 온갖 차들이 휩쓸려가고 생목숨이 검은 해일 속에 묻혀 떠내려간다 이것은 대본 없는 너무 슬픈 코미디다. 침략과 살상을 일삼던 그 조상들의 저주인가 악행의 화두에는 언제나 천황이 있고 악행의 말미에는 어김없이 일어나는 뒤풀이 같은 대지진의 징벌, 알고 있는가 열도의 사람들아 너와 너희의 위정자가 서 있는 지상의 땅도 사실은 오래전부터 스멀스멀 움직였느니 낡은 서랍장 안에서 귀신들이 킬킬거린다. 다음엔 핵폭발의 단추를 누가 누를 것인가 아니면 핵의 세례를 언제 받을 것인가 선제 기습공격의 명수 잔인한 닛뽕진*이여! 땅에게 물어보라, 바다에게 물어보라 “아니”라고 말

못 하고 언제나 일사불란하게 추종하는 닛뽕 국민에게 다시 물어보라 덫은 땅속에 있는 것이 아니라 사람의 가슴속에 있느니, 알았느냐 이제 잡고 있는 독도의 끈을 풀어놓아라 그러면 누가 아느냐 태평양판의 지진대가 모두 죽음의 잠을 자서 사화산이 될는지.

* 일본인(日本人)의 일어 발음

밀물

밀물이 소리 없이 밀려 들어와 바다의 심장을 문다
순식간에 붉은 노을이 뜨고 비린내 가득하다
생전 처음 맡아보는 생피 냄새
온몸이 혓바닥인 거대 빨판을 가진 살인 낙지가
영화보다 더 실감나게 물고기를 사냥한다
살이 뼈를 삼키고 또 다른 뼈가 살을 삼킨다
거짓이 올바른 것들을 삼키며
시궁 물이 맑은 물을 내몰고 개흙 바다를 점령한다
이제 한 시대는 조용히 끝나지 않으리라
도둑 게조차 주인을 내쫓고 집을 점령하니
고발 한번 제대로 못 하고 스러져서
썰물에 쓸려나간 더러워서 쓸려나간 허약한 진실들
매스컴에도 실리지 않고 입소문도 나지 않고
겨우 정형외과에서 정신을 조금 꿰매고
비뇨기과에서 마지막 실밥을 겨우 풀어 개흙을 배설하는
허풍선이 바다 밑에 서다 증빙도 없이 재판정에 서다.

망치

세상의 벽이 너무 완고하다
어두운 빌딩 밖으로 솟아나와 있는
손톱 없는 붉은 손가락
아프다 가슴이 늘 징하다
무엇이라도 움켜잡고 일어서야 하는데
강한 놈 찾아 대못이라도 질러야 하는데
적의 살기 찬 눈빛 팔방에서 쏘고 있다
꿸 수 없는 희망이 평면으로 튀어나와
변두리 모퉁이에 서 있는 자리에도
허술한 벽은 아예 없다
날마다 세상의 두꺼운 벽만 두드리다 돌아와
앵무새 TV와 나란히 누워
나올 것만 나오는 흉내 소리 엿듣는다
오늘도 어김없이 흔들리는 안테나
세상의 화면은 계속 비가 내린다
빈손의 녹슨 망치가 다시 젖고 있다.

수족관(水族館)

죽음의 차례 기다리는 수족관의 물고기들
눈동자의 중심이 유리창 밖에 걸려 있다
세상에서 가장 독한 사람에게 잡혀온
모든 종의 생명체는 아예 탈출구가 없다
하이에나보다 끈질기고 여우보다 교활한
사기질의 막강한 이빨을 가진 두발짐승
매운 고추와 생마늘 통째 씹어 먹고
독한 술 밤새워 마시고도 꿈적 않는
무지막지하게 강하고 독한 영장(靈長)
비로소 물고기들은 알 것이다
사람의 검붉은 아가미가 얼마나 무서운지
세상의 유리벽 머리로 받아보지만
감옥의 벽은 물 한 방울 새지 않는 철옹성
그러나 이 세상도 어안(魚眼)으로 내다보면
사람들도 누군가의 거대한 수족관 안에 갇혀 있다
살기 위하여 습관적으로 끝없이 씹으며 몸부림치며.

면도칼

푸르고 깊은 남극의 바다 속 붉은 손가락이다
살수가 숨어 있는 그믐밤의 깊은 숲 속이다
땀 한 방울 흘리지 않는 냉혈한의 얼굴
몇 번이나 벗겼는지 몇 번이나 베었는지
암살자의 작은 칼이 더 치명적이다
일러준 사람 거울 속에 있는데
검은 장막 속에서 어른거리는 낯익은 얼굴
허물을 벗겨내지 않으면 내가 될 수 없다
어쩌면 일생을 더듬거려야 사는 길 열린다
그가 다듬는 가면은 역사를 거꾸로 바꾸려는
혁명이 아니다 다만 미수에 그친 주범이고 싶다
공격 신호와 퇴각 신호 구분 못 하는 서슬
찾지 않으면 더 날카로워질 그런 짐승들의 칼날
가면은 쓰는 것만이 아니다 벗기는 것이다
돌아서도 보이지 않는 나의 배후에 누가 있다
하얀 면티 위에 떨어지는 핏방울, 섬뜩한 미소.

제 3 부

어미 뱁새

지진아로 자란 외당숙의 맏딸, 서른 넘어서야
겨우 씨받이로 팔푼이 중늙은이에게 시집가서
용케도 아들 하나 낳았는데
젖이 부족한 막내 시누이의 아이까지 도맡아
젖꼭지 물리니 밤낮으로 고역이었지
힘들다 말도 못 하고 제 새끼 또한 늘 허기져도
여간해서는 칭얼대지 않으니 배곯는 날이 많았어
그놈의 정신이 우는 아이만 젖을 물리는 거야
돌이 지나 시누이 아이 제 집으로 돌아간 뒤에
그제야 눈 안에 들어오는 제 새끼 얼굴 익혔지만
생의 인연 없는지 그놈의 운명 애통하게도 짧아
시에미의 등살에 죽은 뱁새처럼 꽃상여도 못 타고
머슴의 지게에 얹혀 망연자실(茫然自失) 떠나가는데
가는 길 산언덕 골짜기 지나갈 때
낯익은 뻐꾸기 한 마리 머슴의 꽁무니 따라가며
뻐꾹뻐꾹 목이 메어 구슬피 울더라네
바보 어미 뱁새 젖이 불어 치맛말기 다 젖는데
대문 밖에 쪼그리고 앉아 하염없이 기다리더라네.

어느 날의 일기

돌아눕는 그녀의 숨소리 깊고 무겁다
피로가 온몸을 감싸 안고 찍어 누르나 보다
오늘은 어느 병동을 다녀왔을까
어떤 노인을 만나서 주름진 푸념을 들어주고
갈라진 손톱 깎아주고 왔을까
누구나 나이 들면 잔병도 자꾸 늘어나는데
자신의 병 감추어두고 남의 병 수발드는 사람
요즘 찾는 사람 별로 없다는 외로운 병상의
환자들 돌보노라면 종일 마음 무겁다면서
가끔 그 생각 잠자리까지 지고 오는 모양이다
사람은 노후가 편해야 행복하다 말하면서
구차한 말들은 모두 접어 감추어두고
죽으면 쓸 수 없는 몸 움직일 힘 있을 때
움직여야 한다고 말하는 그녀, 오늘 밤
앓는 소리가 액운을 쫓는 노래였으면 좋겠다.

모습, 그리고

화장 지우고 소파에서 잠든 그녀의 얼굴 본다
산사의 대웅전 뜰에서 보는 몇 송이 제비꽃처럼
얼굴 마당에 돋아난 검은 꽃잎들
세월의 바람에 날아와 뿌리 내리고 싹틔운
이제는 깊이 박힌 못 자국까지 드러나고 있다
모래 속 조가비에 숨어 있던 흑진주가
몇십만 번의 파도에 씻겨 모습을 나타내듯
그녀의 밤하늘 얼굴에 별이 돋아나고 있다
여름밤 마당에 모깃불 피우고
할머니와 멍석 깔고 누워 별을 헤던
아스라한 그날의 풍경에서 할머니도 어머니도
지워진 얼굴 위에 반딧불이가 날고 있다
그녀는 내일 아침 일찍 일어나면 또 물을 것이다
나 어젯밤도 잠꼬대 많이 했느냐고
노을빛이 환한 생의 텃밭에는 세월의 씨앗이 자라고
얼룩점박이 트랙터가 소리 없이 지나가고 있다.

아버지의 방

술 취해 밤늦게 돌아와 잠자는 아버지의 방에는
바람이 없는 날에도 문풍지가 울었다
윗목에 있는 자리끼에는 살얼음이 얼어
방 안은 더욱 을씨년스럽고 아버지는 외로워 보였다
코 고는 아버지의 코 속에는 열차가 들락거렸다
어린 나는 아버지의 열차에서
내릴 수 없어 오그리고 잔 밤 많았다
땅을 잃어버린 농투성이의 갈 곳은 어디겠는가
머슴 아니면 광산 혹은 산판이나 염전
장사는 어림없었다 아버지는 달이라도 건지려고
푸른 하늘 더듬다가 술잔에 빠진 달과 함께
휘청거리며 터널 속으로 들어갔던 것이다
터널 속에는 또 다른 낯선 가족이 기다리고
전등도 없는 곳에서 말다툼 소리가 들렸다
그리고 그런 일은 자주 오래 계속되었다
팔십 년 전 만주는 기회의 땅이기도 했다
꼬리 달린 여인을 보자기에 싸들고 뒤도 보지 않고
그 땅으로 도둑처럼 뛰어든 아버지의 세월은

너무 길었다, 전쟁이 끝날 무렵에야 빈손을 털고
쫓기듯이 돌아온 아버지 그의 방은 덥지 않았다

섣달

하얀 옷자락이 너무 가볍습니다
이제 와 무슨 소용입니까
지나간 것은 다시 올 수 없어 늘 아프고
다가오는 것은 벽이 높아 볼 수 없습니다
사람들은 너무 쉽게 지난 일을 잊지요
그래도 미련을 두고 망설이는 것은
뜨겁게 내밀던 인연의 손길들
차마 뿌리치지 못해서입니다
두 손 허허로이 과거에게 흔들어봅니다
다가올 날보다 아주 가볍습니다
이제 빛바랜 남루 한 벌 벼랑 끝에 걸어둡니다
농부가 귀가해서 벗어놓은 잠방이 같습니다
세월의 시소 놀이에 허리는 자꾸 휘는데
또 빈손 너무 창백합니다 하지만 사람들은
벼랑 끝에서 다시 미래의 길을 찾을 겁니다
생은 이런 것이라고 아버지처럼 되뇌며.

지하철에서 (1)

— 밤의 여인

늦은 밤 지하철 안
나의 어깨에 기대어 졸고 있는
그 여자를 나는 모른다
어느 역에선가 지친 모습으로 타더니
이내 잠든 여인 하루 종일 무엇을 하다 가기에
정신까지 놓은 것일까
생은 늘 야간열차 타고 가는 여행 같은 것이어서
때로는 긴장도 풀리고 염치도 모르는 채
누군가에게 기대어 가고 싶은 것
굵은 손마디에 붉은 손톱 칠도 벗어지고
운동화를 신고 있는 아직 젊은 여자
그사이에 흉한 꿈을 꾸는가 몸이 움찔한다
사는 게 너무 힘들면 부끄러움도 모른다는데
돌아갈 둥지에 기다리는 가족은 있을까
내려야 할 종점은 자꾸 가까워지는데
나는 빌려준 어깨를 차마 빼낼 수가 없다.

파란 민달팽이

아이들 세상 나오자마자 파랗게 질려
악을 쓰고 울더라, 집도 없이 살아갈 세상의
사막이 무섭기도 하고 공기는 숨이 찬데
세 살도 안 된 졸부 집 아이가 수천만 원의
재산세를 납부했다는 소문을 들어서일까
어머니의 배냇적 울음을 울어보는 것이다
스님도 제 머리를 제가 깎는 때
조용히 몸 전체를 집 한 채에 말아 넣고
반라(半裸)로 끌고 다니는 각질 달팽이가
너무 부러워 집시의 광대춤도 못 추는 밤
젖은 풀 한 포기 안고 잠 못 이루는 민달팽이,
내일은 또 어찌 붉은 맨살로 불판에 누워
이글거리는 사막을 건너갈 수 있을까
모두가 철거한 재개발지구 언덕 중턱
혼자만 떠나지 못하는 불 꺼진 비닐 창 너머
담배 연기 파랗게 타오르는 움막집 하나.

까만 민달팽이

벌거벗은 중생 하나 철학적 사유의 자세로
뙤약볕 속을 소리 없이 기어간다
입지 않은 하얀 속옷 보일까 발걸음 못 떼고
더듬이가 된 안테나 구조신호 불꽃 핀다
삼보일배(三步一拜) 삼보일배
겹옷 입은 늙은 선사 무릎 접고 지나간 길을
선사보다 더 선사 같은 경배하는 자세로
일보삼배(一步三拜) 일보삼배 극락길 가듯 긴다
헐벗은 작은 생 혼자 세상의 중심에서
바동바동 애처로운 몸부림이다
일천 년을 기어가도 작은 산 하나 넘지 못할
저 미물 아득한 푸른 하늘을 어찌 건너가랴
벌거벗고 불판 위를 걸어도 새끼와 먹고살 수
있다면 무슨 짓인들 못 하겠는가만, 없다
굶주림에 눈도 제대로 못 뜨는 벌거벗은 생명들
눈부신 밝은 하늘 아래 쓰러지고 있다
아프리카, 쓰러진 아이들의 젖니가 새하얗다.

작은 거인

습기 가득한 목욕탕 육림(肉林) 속에 어린 형제가 목욕하고 있다 샤워기 앞에 좌판을 깔고 앉아 대야에 물을 받아 몸에 끼얹어가며 때를 씻는다 물은 쓸 만큼만 받고 수도꼭지 꼭 잠근다 비누도 적당히 쓰고 제자리에 놓는다 탕 안에 들어가서도 헤엄을 치거나 물장구치는 법도 없다 어린 동생의 몸을 먼저 깨끗이 씻기고 나중에 제 몸을 씻는 형과 장난도 하지 않고 형 옆에서 낮은 소리로 소곤소곤 얘기한다 이런 형제의 모습이 무대에서 목욕탕 이용법을 연기하는 무언극 배우처럼 느껴진다-어린 배우-목욕이 끝나자 어린 형은 대야를 가시어 제자리에 놓고 쓰던 수건도 꼭 짜서 플라스틱 소쿠리에 담는다 그리고 조용히 동생을 마른 수건으로 닦아주고 데리고 나간다 나는 외계에서 온 것 같은 이 소년들에게서 새로운 대안의 싹을 본다, 희망이다.

나는 방금 흑백영화 속에서 나와 천연색 영화를 처음 보는 것처럼 신선한 감동을 받은 것이다 공공장소에서 지켜야 할 에티켓은 물론 다음에 사용할 뒷사람까지 배려하는 어느 외국의 교육 잘 받은 어린 소년 같은 깔끔한 마음씨와

행동, 누가 가르쳤을까 부모는 누구일까 어느 나라에서 살다 왔을까 분명히 모국어로 말하는 아이들 나는 이 어린이 둘이 각색 없이 연출하는 제2 제3막의 세상을 당장 보고 싶은 것이다 도덕 불감증에 걸린 환자들이 세상을 지배하며 사리사욕만 채우기 위하여 광분하는 청맹과니들을 대체할 절대 대안이 아닐까, 어둡고 눅눅한 땅의 세상에서 절망에 지친 희망이 풋풋하게 다시 일어서는 모습을 본다 아이들에게 교육도 잘 못 시키고 자신이 제대로 실천도 못 한 한 사람이 40도 온탕 안에서 계속 멍하게 앉아 있는 모습 보인다.

황혼으로 가는 버스

마을버스에서 체머리 흔드는 할머니 본다
차가 흔들리니 더 어지럽고 정신 없나 보다
무엇이 싫다는 것인지
무엇을 옳다고 하는 것인지
나뭇잎이 흔들리듯 쉬지 않는 도리질
병은 아픈 자만 아는 두려움과 고통의 단지
어쩔 수 없이 당해 피하지도 못하는
병약자의 체념적 굳은 표정이 슬프다
지은 죄 없어도 병들고 나약해지면
좀 낫지 않을까 하는 희망으로 기도하겠지
할머니는 버스 창가에 웅크리고 앉아
눈을 감고 중얼거린다 주문 같다
낙조의 빛이 차창 안으로 들어와
버스 안 할머니 환하게 비춘다 갈색 단풍잎이다
클로즈업된 그림자 화면처럼 더 크게 흔들린다.

무궁화 꽃반지 장수

만원 지하철 안 하반신 장애인 중년의 남자
무궁화 꽃반지 팔며 지나가고 있다
"반지 사세요, 무궁화 꽃반지예요
 삼천 원짜리 천 원에 팔아요.
 다른 곳엔 없습니다.
 그래서 우리 장애인이 나섰어요.
 무궁화 꽃반지예요 우리나라 꽃이예요"
군대도 못 갔을 두 다리 모태 장애인
애국심에 상술을 은유로 표현하며
작고 간절한 목소리로 사라고 청하지만
가슴 뿌리가 마른 사람들 움직이지 않는다
꽃반지라서 그럴까 보석 반지라면 어땠을까
향기 없는 꽃, 그래도 희망을 가지고
꽃반지 장수 인파 헤집고 다음 칸으로 간다
조선의 메마른 가슴밭을 절름절름 걸어서 간다.

장애인 두부 장수

정신지체장애인 젊은 형제가
어머니와 함께 길가에서 두부를 팔고 있다
"치 인 화 안 경 두부예요"
말도 어눌하고 단순 속셈도 어눌하여
두부 한 모 팔고 거스름돈 계산도 힘들다
아파트 배달 가서 동 호수 잊어버리고
멋쩍은 표정 지으며 돌아오기도 한다
덧셈 뺄셈이 당장 무슨 큰 문제이랴
어머닌 그들이 걸어갈 긴 미로를 생각하며
그 낮은 가능성에도 목이 멘다
어른이 되어서도 어린아이와 같은 아들
시키지 않으면 스스로 아무것도 못하는 그들이
지금 세상 밖으로 나와 두부를 팔고 있다
생은 누구에게나 끝없는 연습이 아니던가
어머닌 먼 훗날을 위한 이별 연습을 하고
아들 둘은 안개길 홀로 가는 연습을 하는 것이다
아직 팔아야 할 두부는 봉고차 안 가득한데
어머니는 모처럼 접은 얼굴을 환하게 편다.

할머니와 폐품

지하 단칸 셋방 기초연금으로 겨우 살아가는
노인은 죽기보다 인간 쓰레기가 되는 게 싫다고 했다
매일 일어나면 습관적으로 리어카를 끌고 나가
거리에서 쓸 만한 폐품 건져 올리는 일이 일과이다
젊은 시절 못다 주운 잃어버린 세월도 줍고
조각조각 찢어져 냄새 풍기는 세상도 휘저으며
골목길 시장통 주택가 버려진 것들 뒤지고 다닌다
주워보아야 하루 삼사천 원
허리에 붙일 파스 한 장 제대로 못 산다
그래도 줍는 일 계속하는 것은 생계에 대안이 없고
그나마 움직여야 작은 생기라도 돌기 때문이다
폐품을 줍는 일이 자신을 줍는 일인지도 모른다며
하루를 줍고 또 하루를 줍고 뼘을 재듯 목숨 줄 잇는 일
그래서 전 재산인 바퀴살 빠진 리어카와 매일 씨름한다
팔 수 있는 물건이면 폐품 팔 수 없는 것이면 쓰레기란다
할머니는 알고 있다 황혼이 바퀴살에서 오래 돌지
못한다는 걸, 폐품에도 급수가 있고 사용기한이 있다는 걸
조용히 리어카 뒤를 따라가던 사람 문득 생각한다
나는 폐품일까 쓰레기일까 아무도 줍는 사람 없는데.

제4부

가오리연

빙하기에 사라진 먼 바다 가오리 한 마리
바람 타고 하늘 깊은 바다에 현신(現身)하여
먼지 가득한 세상 헤엄치고 있다
젖은 것은 모두 빙하 속에 맡겨두고
마른 꼬리지느러미만 미라의 몸에 매달려
눈발 휘날리는 아득한 바다 휘젓고 있다
세상에 다시 나와 회색 하늘에서 내려다보니
사람들의 악다구니는 짐승보다 더하고
오염된 땅과 바다에서 살아가기 힘들어
그 옛날 빙하기의 배냇짓하며
거친 숨소리로 허공에서 울고 있다
사는 방식이야 예나 지금이나 다를 바 없어
세상의 거친 물결 헤치고 다녀야 살아가는데
하늘과 땅을 잇는 생명선이 영원치 않구나
이제 젖은 영혼의 질긴 뿌리는 끊어야 하리
네가 너를 끊고 정처 없이 떠나는 하늘 끝
마른 영혼 하나가 너울너울 춤추며 뒤따라간다.

빈집 스케치

낡은 사립문이 소슬바람에 삐걱거리고 있다
커다란 자물통을 입에 문 방문이 굳게 닫혀 있다
아무것도 걸려 있지 않은 빛바랜 나일론 빨랫줄
마당을 가로질러 길게 늘어져 있다
처마 밑 죽은 두꺼비집에는 낙태한 전깃줄이
잘린 채 흉터처럼 붙어 있다
좁은 툇마루엔 마른 바람의 먼지가 켜켜이 앉아
떠돌이 새들의 발자국을 찍어 전시하고 있다
마당엔 웃자란 잡초들이 시들어 을씨년스러운데
늦은 오후 고양이도 참새도 기웃거리지 않는다
한 시대의 생을 불태우던 부엌의 벽에는
떠나간 가장의 가슴처럼 그을음이 선명하다
가을 햇볕이 쓸쓸하게 쏟아져 내리는 담장 아래
핏빛 맨드라미 고개를 꺾고 기대어 있다
시간이 지날수록 떠난 이들의 생의 흔적이
유물처럼 점점 퇴색해간다 누구 하나 지켜보지
않는 뒤란 장독대엔 붉은 수수 대궁 하나
간드랑간드랑 제 그림자 키를 재며 몸을 흔들고

집 앞 외딴길에 붉은 오토바이 탄 집배원이
수채화 속의 풍경처럼 느리게 지나가고 있다.

먼지 서설

햇빛 들어 눈부신 날 집 안의 먼지를 턴다
숙주에게서 떨어진 몸 털린 먼지들
다시 붙어 살아보려고 몰려다니며 야단이다
마당 머릴 털어내고 창문 닫으면
다시 들어오려고 창으로 몰려와 아우성이다
개장수에게 끌려가던 '마루' 처럼
목줄에 매달려 앙앙 버티는 모습이다
한번 잡은 생의 터전을 빼앗기니 오죽하랴
먼지 털리듯 쫓겨난 철거촌 사람들
날개 꺾여 유령처럼 다시 살지는 않겠다고
궂은 날에도 바람의 날개 달고 쨍과리 친다
본시 사람들은 먼지와 한 몸이었다
세월이 낡으니 사람이 낡고
자꾸 낡으니 낡은 것만 깔아뭉개는 존재들
뿌리 없는 것들 이제 와 무슨 소용이랴
세상은 절대 추락하는 먼지의 편이 아니다
혹여 천둥 무섭게 치고 심판의 날 온다 하여도
가벼운 것들은 가벼운 것끼리 아우성만 친다.

큰 가시고기

오래전 머슴살이하던 괴산 당숙—가진 것 없으니 건강한 몸뚱이 하나 재산이라며 오십 줄에 침침한 눈으로 산판에 다녔다 손바닥이 발바닥이고 어깨하며 몸 성한 곳 없지만 자식들에게 가난을 물려줄 수 없다며 아주 궂은 날 아니면 결근하는 일 없이 옷도 든든히 못 입은 채 밤늦도록 일만 하였다 그러던 어느 겨울 산비탈에서 털털거리던 고물 트럭의 전복으로 남긴 말도 없이 불귀의 객이 되었는데 온몸이 붉은 고춧빛이었다고 했다 남은 식구들은 그 보상금으로 조그만 집도 사고 한동안 눈동자 까만 새끼 다섯 굶지 않고 살았다 그의 평상시 말버릇처럼 죽어서도 한 몫 남겨두고 떠난 것이다 그에겐 자식들이 생의 전부였다 철모르는 자식들과 아내를 위해 죽음과 맞바꾼 것이다. 그는 늘 목돈만 만질 수 있다면 죽음 따윈 문제 되지 않는다고 입버릇처럼 말하였다.

에로 영화 보다

(페이드인 fade in)
나른한 오후 사람 많은 지하철 객차 안
젊은 여자 좌석에 앉아 눈 흘기듯 거울 보며
입을 반쯤 열고 붉은 립스틱 덧바르고 있다
많은 시선 속에도 그 여자는 아무 거리낌 없이
눈을 치켜뜨고 입술을 좌우로 문지른다
(카메라 입술만 줌인 zoom-in 클로즈업한다)
여인은 계속 금붕어처럼 입을 뻐끔거린다
마치 비에 젖어 농익은 축축한 꽃잎이
한참 독이 올라 검붉어진 듯하다
푸줏간 냉장실에 진열된 살코기 덩이가
우람한 주인의 날 무딘 칼로 손질하는 모습
붉은 살점이 뭉글뭉글 이리 밀리고 저리 밀린다
지하철 안이 목로주점의 질척한 불빛이 된다
순간 카메라는 깊숙한 곳 목젖을 캐낸다
관객들 영화 상영 중단하라고 속으로 외친다
마치 알아들었다는 듯 립스틱의 뚜껑 덮는다.
(페이드아웃 fade out).

찰나(刹那)

살수차 지나간 도로 위에
벌 한 마리 흠뻑 젖어 기어가고 있다
젖은 날개가 치명적이다
하필이면 넓은 차도에서 살수차를 만났을까
미물에게도 운명이라는 게 있는 것일까
날아보려고 뒤뚱뒤뚱 안간힘으로 기어가는
벌의 발걸음 소리가 초조하게 들리는 듯하다
끝없이 달려오고 달려가는 차 차 차
순간, 젖은 땅 위에 번개 한 줄기 지나간다
존재 하나 눈 깜박할 사이에 사라진다
구백 생명의 흔적이 소리 없이 사라졌다*
지금 우리들의 날개도
어느 별의 비에 젖고 있는 것은 아닐까
한밤 불 없는 차들이 소리 없이 달려간다.

* 彈旨(탄지) : 찰나의 사이에 구백 생명이 명멸한다는 불교적인 사유

갈잎 선사(禪師)

운주사 대웅전 뜰에 가랑잎 몇 앉아 있다
어디서 왔는지 숨이 찬 듯 어깨가 들썩인다
바람이 밀면 미는 대로 굴러가다
돌멩이 막아서면 잠시 멈추었다가
석탑 아래 폴짝 내려앉아 탑돌이도 하고
면벽 수행하는 선승의 방문 앞에 귀를 대고
가슴속 비우는 담담한 숨소리도 듣는다
길어야 한 계절 읽은 독경 얼마나 된다고
벌써 천기를 아는 선승인 척하는가
떠돌이 선사보다 먼저 갈 길 안다는 듯이
우리는 백 년이 지나가도 무거운 육신
바람이 밀면 밀리지 않으려 몸부림치고
누군가 막아서면 쳐부수고 넘고 싶은 것을
그래서 가슴속이 늘 지옥이고
작은 잎만큼의 여백도 없는 속물 덩이인 것을.

두 할머니

지하철 동대문역 승강장 앞에 서 있는
두 할머니 사당역 가는 열차편 묻는다
두 번 세 번 일러주어도 자꾸 묻는다
반대편 방향도 찍어서 물어본다
지나간 생이 꿈같은 의문투성이이고
살아갈 생의 길도 믿을 수 없는 것이어서
자꾸 묻고 또 확인하는 것인가
뒤뚱거리는 세월 곡예를 많이 한 탓일까
삐딱한 자세에 남도 사투리 정겨운데
고향 가는 길은 묻지도 않는다
사당역에서 내리면 또 무엇을 물어볼까
열차가 떠나가고 물음표도 따라 떠나갔지만
의문부호는 역에 남아 아직 대기 중이다
순간 치닫는 바람이 그들을 뒤따라간다.

산딸기

억새풀숲 사이 장난꾸러기 아이들이 찾아낸
허기진 산딸기의 붉은 눈
손등에 박히는 덤불 가시 아랑곳하지 않고
서로 먼저 따 먹으려는 아이들 앞에
화사한 허물 뒤집어쓴 꽃뱀 한 마리
땀에 전 아이들 깜짝 놀라 돌을 던진다
꽃 넥타이가 풀어지며 스르르 사라지는 복통
붉은 알갱이 터지며 씹히는 달콤한 딸기 맛도
허기에 젖어 시답잖은 유년의 저녁나절
초가지붕 위로 피어오르는
봉수대 저녁연기의 신호 같은 몽환적 스케치
지금도 가을이면 붉게 영그는 기억의 넝쿨
오늘은 시장의 좌판 작은 사기 그릇 안에
소복하게 담겨 있는 그 옛날의 붉은 산딸기 본다
추억을 벗고 늙어버린 검붉은 반점들.

불새

— 최명희 님의 영전에 부쳐

푸른 불새 한 마리 오랜 꿈속에서 깨어나
어둠의 교차로 넘어 동쪽으로만 날아갔네
시대를 뛰어넘어 치열하게 살았던 사람의 이야기를
전설이 된 모국어와 아름다운 관습을 찾아
불의 노래로 기록하였네
돌멩이도 만나면 이야기가 되고
풀잎을 만나도 강물 같은 말이 되니
수모와 배반과 절망이 온갖 슬픔을 승화하여
또 다른 이야기 예술의 지평을 열었네
노봉마을에서 태어나 한 세상 불꽃으로 살다가
그 영혼 불새 되어 덕진공원에 내려앉으니
흔적의 큰 자취 너무도 감격하네
가늠할 수도 없는 새로운 역사를 쓰기 위하여
한 목숨 끝나도록 활활 타올랐음을
한 사람의 생을 통하여 비로소 보았네
"언어는 정신의 지문이며 모국어는 모국의 혼"이라는
당신의 말씀 오래도록 기억하며 귀감으로 삼겠네.

사석작전(捨石作戰) (1)

미끼에 걸린 생이 또 한 번 처절한 몸부림이다
산다는 것은 매 순간 함정 위를 걷는 것
작전으로 시작해서 작전으로 끝나는 생
그럴듯한 미끼를 전선으로 보내야 한다
언젠가 한 번은 함정에 걸려든다
알아채지 못하도록 적진 깊숙이 침투해야 한다
보급도 지원병도 없는 죽음의 전투이다
생은 혼자서 몸부림치는 슬픈 무언극
전쟁은 평화의 어머니
평화는 전쟁의 아버지
알렉산더도 링컨도 왕건도 그랬느니
잠시 쉬고 있을 뿐 영원한 평화는 없다
하나의 목숨은 평화와 전쟁의 양자 도구일 뿐,
작전에 걸렸다 또 다른 승리를 위하여 사라지느니
생이 또 한 판 버틸 수 없는 꼭짓점에서 흔들린다
오늘도 그대들이 서 있는 자리는 무탈하신가.

쑥뜸

작은 약쑥 덩이 하나 단전 위에 올려놓고
불을 댕긴다, 뜨거워야 열린다는 병마의 길
틀어지고 막힌 질곡의 문을 연다
굽고 후미진 생의 골목에서 부딪힌
수많은 일들이 검붉은 어혈로 남아 있는데
이제야 작은 불길로 아프게 들여다본다
무엇을 하다 몸은 이리 낡은 것일까
신이 만든 완벽의 시효는 언제까지일까
병 있으면 약도 있다 하지만
질긴 세월 희망과 절망으로 절뚝이다 보면
언젠가는 백약도 소용없으리라
흙은 불에서 태어나고 몸은 다시 흙으로
돌아간다는 우주 명리사상 잠시 곱씹으며
불꽃같던 몸속 푸른 길 열리라고
푸석거리는 흙의 몸 병점 찾아 뜸을 뜬다
죄인의 요혈 위에 활기(活氣)의 쑥불 놓는다.

제5부

여인(麗人)

꽃샘바람 제법 드세게 불던 날
열려 있는 베란다 창틈으로 곁가지
고개 내밀고 있던 꽃송이들
바람을 견디지 못하고 팔랑 뒤집힌다
피어난 지 오래된 꽃잎의 뒷모습
칙칙하게 시들어가고 있었다
꽃은 그 모습 보이지 않으려고
베란다 안으로 목을 움츠려 넣지만
바람은 심술궂게 가지를 더 세게 흔든다
안간힘으로 버티던 꽃들은
결국 푸른 손을 툭! 놓치고 만다
하늘하늘 부활하는 꽃의 순절(殉節)
꽃은 바닥에 떨어져서도 의연하구나.

유년의 바람 소리

그녀가 연초록의 핸드백을 하얀 손으로 열고
솜사탕 같은 얼음 조각을 모두 꺼내어 버리자
성에 낀 유리창 밖에는 아지랑이가 피어오르고
풀잎이 파랗게 돋아나기 시작했다
상처 난 가슴의 속살로 자아 올린 붉은 꽃
돌 틈에 앉은뱅이 민들레가 일깨워준다
아득한 날에 담아두었던 귀밑을 스치는 바람 소리
돌아보면 아직도 아우성인데
지전을 헤듯 한 장 한 장 짚어서 넘긴 세월
바람잡이 친구들 저 푸른 강을 건너가서는
다시 돌아오지 않는다
초가지붕 아래 떨어지는 낙수 소리가
세월을 소급하여 폭포 소리처럼 들린다
고운 모래가 물방울과 함께 튀어 오른다
할머니가 쪽머리를 풀고 창포로 머리 감는다고
수선 떨던 물가에 출렁대던 추억은 석양이 덮고
나를 감싸고 돌던 유년의 바람은 끝없이 불어온다.

바람의 집

눈 쌓인 봉화산 중턱 늙은 아카시아 가지 위에
바람으로 엮은 까치집 하나 걸려 있다
열심히 살아보자던 맹세의 말은
부화되어 소리 없이 날아가고
혼자만 모른 채 침묵하는 아카시아
눈을 맞는다 고단한 입김이 하얗게 서린다
참고 기다리는 것도 사는 요령이라고 하지만
나이테를 묶어놓고 온 생을 기다리는 사람이여
어쩌다 가슴속에 바람의 집 하나 지어놓고
이 겨울 살 찢는 바람 소리로 울고 있는가
다시 날아와 뜨거운 둥지 지을 사랑은 없는데
바람이 일 때마다 제 몸 내려치는 채찍 소리
노을 지는 언덕길 검은 문신으로 남아 있는
뜨거웠던 날의 흔적 지울 길 없어
푸른 이야기 풀어내는 나무 하나 꼿꼿이 서 있다.

떠난다는 것은

외로움의 눈 안에서 비는 눈물이듯
떠난다는 것은
또 다른 낯선 외로움을 만나는 것이다
잊혀졌던 지난 일들이 다시 머리 풀어
산자락을 온통 덮는다 하여도
떠난다는 것은
또 다른 사금파리 조각
가슴속에 묻는 일이다
끓어 넘치던 활화산에 세월이 덮여
눈 감은 휴화산이 되었다 할지라도
떠난다는 것은
숨어 끓는 뜨거운 마그마의 한 자락마저
심연 속 깊이 아주 묻어두는 일이다
비워둔 가슴 바다 때 없이 바람 일어
작은 새 한 마리도 보듬을 수 없는데
떠난다는 것은
또 다른 빈 배 한 척
파도 높은 망망대해에 풀어놓는 일이다.

제주도에 가면

제주도에 가면 앓던 사랑 하나 버리고 오너라
윗새오름 갈대꽃으로 소리 없이 꼭꼭 싸서
하르망 질긴 치마끈으로 질끈 묶고
애월 앞바다 구멍 숭숭한 돌로 눌러두고 오너라
등대지기 눈먼 사랑이야 누가 알기나 하겠느냐
날마다 혼자서 곱씹는 파도 소리가
네 울음소리임을 알기나 하겠느냐
떠나보낸 사람의 난바다인 것을
흰 갈매기 날개 같은 순하고 힘찬 사랑아
보이지 않는 파도의 섬까지 날아가서
겨우 울음 한 곡절 물고 돌아온 사연 알고 있느니
옛사람 다 그립지만 그냥 그 자리 두고 싶은 걸
선녀폭포 열목어에게 붉은 사연 다 내어주고
이제는 돌아서서 앓던 사랑 버리고 오너라
바람이야 묻지 않아도 그런 줄 알 것이니.

봉선화

봉선화, 뜨거운 살꽃 가슴에 진다
한 세상 피 끓도록 사랑하고
한 생명 송골송골 피멍 맺힌다
붉은 상처만 질편한데
꽃잎 자꾸 진다
지는 꽃 얼마나 오래 견디랴
져야만 눈부시게 다시 피는 꽃
구름 없이 내리는 찬비 없고
사랑 없이 피어나는 꽃은 없다지만
그래도 사랑아,
서로가 서로에게 물들지 못하고
기약 없이 헤어진다 하여도
내 영혼 붉은 살꽃 목숨으로 피워낸
네 이름의 눈물 적셔 손톱 위에 새긴다.

강마을 풍경

소리 없는 강바람은 파도가 되어
물뱀처럼 강을 건너 도시 쪽으로 가고
이따금 지나가는 검은 비행기
수리의 그림자처럼 마을을 훑고 지나간다
열무꽃밭 노란 나비 떼
심술궂은 아이들 없어 한가로운데
할머니의 부채질 같은 날갯짓으로
이 꽃에서 저 꽃으로 빛살무늬 나르고
찾는 사람 없어 온종일 바람만 흔드는
나룻배 한 척, 사공 혼자 외로워
제 그림자 속에 낚싯줄 늘여놓는다
마을 안 외딴집 툇마루 위에
눈먼 백열전구 혼자 흔들리다가
늙은 부부의 고단한 숨소리에 깜박 잠이 든다
강물은 깊고 유속은 느린데 강마을은 온종일
쓸쓸한 풍경의 수채화가 마르지 않는다.

와이셔츠를 다리며

한 시대의 아침을 열던 와이셔츠를 다린다
가슴 한번 시원하게 풀어헤치지 못하고
늘 여미고 조이던 앞섶을 열어 편다
천 근의 무게로 처지기만 하던 어깨도
촉촉히 적셔 어루만져준다
언제나 고개 숙여 겸손하게 내밀던
새하얀 소매 그 손잡아 다시 보듬고
마냥 시리기만 하던 얇은 등허리
더운 김 불어 넣어 토닥거린다
세워도 세워도 주저앉기만 하던 자존심의 칼라
이제는 부담 없이 꼿꼿이 추켜세운다
세워보아야 희망과 절망의 중간
한 달 치의 월급에 목을 매던 푸른 심줄
그 하나의 욕망을 접어두고
이제는 형식의 꽃무늬 넥타이도 풀어
주름진 세월을 펴서 환하게 걸어놓는다.

상계동

수락산 너럭바위 훤한 이마 씻고 흐르는 물
칭얼대며 흘러가다 슬쩍 한 번 돌아보는 곳
고만고만한 사람들 편안한 발 되어주려고
계곡을 바라보며 지상철역(地上鐵驛) 하나 섰다
한 지붕 건너 붉은 십자가 두 대문 건너
무당집, 찬송가와 징 소리가 그치지 않는 서민촌
차가운 겨울 술 취해 돌아와 밤새 꼽추 잠자고
첫새벽 종종걸음으로 출근하는 방울 달린 사람들
역 하나 바라보고 올망졸망한 상가 모여 앉아
장사보다 정겨운 사투리 말품만 팔고 있다
저녁이면 불암산 산그늘도 슬쩍 노을에 젖어
아랫마을 창문마다 불 밝혀놓고
퇴근하는 사람들의 마음속 파수도 선다
산 좋고 계곡 좋아 아이들 밝은 목소리
늘 노래처럼 싱그럽게 들리는 동네
궁금하고 답답한 것 많아 천도제 징 소리가
산허리 감으면 돌아온 탕아도 기도를 하다가
번쩍 철들어 한 번쯤 울어보는 깨달음의 고장
막차로 떠나려다 다시 돌아와 눌러앉기로 한다.

| 작품 해설 |

바람의 허허로움과 존재의 허허로움

류 재 엽

허열 시인은 시집 『즐거운 무언극』에 수록된 작품에서 많은 대상을 소재로 한 작품을 독자에게 선보이고 있다. 어린 시절에 겪은 6 · 25전쟁의 기억에서부터 노년에 이르러 자연스레 생겨나는 죽음의 의미까지, 어찌 보면 반세기가 넘는 인생을 관통하는 사건들이 그의 시적 소재가 되었다고 본다. "문학은 인생의 총화"라는 말이 있다. 작품의 소재나 주제가 다양하다면, 시인이 그만큼의 연륜을 지니고 많은 체험을 가졌다는 것을 알 수 있다.

시인은 6 · 25전쟁과 관련된 선명한 기억을 가지고 있다. 전란 당시 아홉 살의 나이였으니 그럴 것이다. 어린 나이의 그에게 전쟁의 기억은 오히려 비극과는 거리가 멀다. 「그 여름의 이야기」 연작이 그런 상념을 보여준다.

천구백오십년 칠월 어느 날 아홉 살인 나는 집 뒷동산 항공기 감시초소에서 열일곱 살 앳된 인민군 보초병과 놀면서 애국가를 불렀다 그는 다른 데 가서 애국가 부르지 말라며 대신 행군가조의 빨치산 노래를 가르쳐주었다 그는 보초 당번일 때면 나를 불렀고 양배추 말린 거며 누룽지도 가끔 가지고 왔다 나는 장총을 끌듯이 메고 다니던 그를 따랐다 그러던 어느 날 그는 집으로 와서 이별의 말을 하였다 이제 전선으로 갈 것 같으니 너를 다시 볼 수 없을 거라며 오래오래 잘 있으라고 말하였다 황해도 황주에서 살았는데 모를 심다 잡혀와서 일주일 군사훈련 받고 배치되었다는 그는 풀 한 포기도 살아남지 못하였다는 낙동강 전선에서 무사히 살아 돌아갔을까 지금 살아 있으면 팔순이 넘었을 그 사람 이제는 얼굴도 기억나지 않고 노랫말의 기억도 희미한데 그때의 아카시아 숲 속 감시초소는 철책으로 바뀌어 휴전선 동과 서로 빽빽하게 들어서 있고 아직도 서로 다른 주장의 노래를 깃발처럼 부르고 있다.

—「그 여름의 이야기 (1)」 전문

애국가를 부르며 놀던 시적 화자는 열일곱 살의 인민군 소년병으로부터 빨치산 노래를 배웠다. 앳된 소년병은 나에게 말린 양배추와 누룽지도 가끔 가져다주었다. 그는 공산주의와는 아무런 관련이 없는 평범한 소년이었을 뿐이다. 황해도 황주에서 모를 심다 잡혀와서 일주일 군사훈련을 받고 전장에 끌려온 것뿐이다. 그런 소년이 "풀 한 포기도 살아남지 못했다는 낙동강 전선"에서 무사히 살아남아 고향으로 돌아갔을까 걱정이 되었다. 지금 살아 있다면 팔십대 중반의 나이일 텐데 말이다. 시적 화자는 여기에서 전쟁의 참혹함이나 적군의 악랄한 모습보다도 인간의 면모를 지녔던 소년병을 아련하게 기억할 뿐이다.

이 작품도 전쟁이라는 사건과 그 부수적인 일화들을 직접 소재로 삼은 만큼 전쟁문학의 범주에 든다. 전쟁문학은 직접 전장에서의 체험을 소재로 하거나 후방에서의 삶을 이야기한다. 전자의 경우 전쟁의 참혹함이나 휴머니즘 등이 주로 다루어지지만, 후자의 경우에는 궁핍한 생활, 실패한 인간의 모습, 인간의 고독과 불안 등이 주를 이룬다.

위의 작품은 어린 인민군과 소년인 시적 화자 사이에 벌어지는 훈훈한 인간애를 말하고 있다. 시인의 눈에 비친 전쟁은 참혹이나 비극과는 거리가 먼 인간과 인간의 만남에서 오는 관계 설정이 아름답다.

> 경인년 구월 중순일 것이다 어느 날처럼 동네 아낙들 몇 명은 인민군이 점령한 도립병원 식당으로 부역 나가고 중늙은이 남자들 몇 명 툇마루에 모여 앉아 어지러운 시국 걱정하며 한숨 쉬고 있었는데 병원의 함흥 출신 인민군 주방장이 아바이들 몸보신하라며 두어 근쯤 되는 돼지고기를 마른 행주에 싸서 가지고 왔다 전쟁통에 고기라니, 너무 고마워하며 초로의 영감들 날랜 솜씨로 고추장불고기 만들어 석쇠에 구워 먹었는데 그 시절 그 귀한 고기 맛이 어찌나 좋았던지 순식간에 게 눈 감추듯 먹어치웠다 세상을 걱정하던 혓바닥은 간 곳 없고 모두 아쉬운 표정으로 감질난다고 껄떡거렸다 나도 그들의 어깨 틈 사이로 두어 점 얻어먹었는데 요즘의 요리 명장도 아마 그때의 그런 맛은 낼 수 없을 것이다
>
> —「그 여름의 이야기 (2)」 부분

여기서도 전쟁은 심각한 이념의 대립이 아니라 인민군 함경도 아바이 주방장이 건네준 두어 근의 돼지고기를 나누어 먹으며 거기에서 묻어 나오는 인정과 고마움에 대한 회상이 주를 이루고 있다. 시적 화자인 소년에게 인민군이란 무서운 존재가 아니라 우리 이웃과 마찬가지로 정을 나누면서 살아갈 수 있는 사람들이다.

그러나 어른들에게 전쟁은 비극적 상황일 수밖에 없다. 6 · 25전쟁은 이데올로기의 산물이었다. 어느 이념을 지녔느냐에 따라 서로를 죽이기도 하고, 납치하고 전장으로 내몰리기도 하였다.

> 세금의 근거로 밭에서 이삭을 세던 내무서원과 인민군이 물러가고 국군이 들어온 것은 일주일쯤 뒤 시월이었다 그리고 어머니가 총살대 앞에 불려간 것은 며칠 후였다 인민군 병원 식당에 부역했다는 죄목으로 동네 부녀자 오륙명이 불려나왔는데 취조하는 대장이 재판하듯 문책하고 마지막 할 말이 없느냐고 엄포를 놓고 물었다 그리고 사색이 된 여인들에게 죽어도 다시는 적군에게 부역하지 말라며 풀어주었다 선발대에 걸렸으면 무조건 총살감이라 했다 하늘이 무너지는 듯한 사건은 친했던 이웃 아주머니의 고발로 생긴 사건이다 사실 군부대가 철수할 때 식당 주방장이 한 일주일 있으면 국방군이 들어올 테니 부역했단 말하지 말고 며칠 피해 있는 게 좋겠다며 인사하고 떠났었다 그런데 어머니는 병원 환자 밥해준 것도 죄가 되느냐며 피하지 않은 게 잘못이었다 그땐 어린 나도 공포에 떨었다
>
> —「그 여름의 이야기 (3)」 부분

6.25전쟁의 가장 큰 비극은 이념의 차이에서 오는 이데올로기의 문제였다. 그 지역을 누가 점령하느냐에 따라 상대적으로 피해자가 나왔다. 인민군이 진주하면 군인이나 경찰 가족들이 피살되었고, 국군이 수복하면 공산주의자들이 처형을 당했다. 정작 전쟁은 전선에서 이루어지는 게 아니라 전국 도처에서 비극을 야기했다. 그 비극은 밀고에 의해 일어나는 경우가 많았다. 고향 이웃이나 가까운 친척이 밀고의 주체였고 대상이었다.

시인은 작품 「그 여름의 이야기 (4)」와 「그 여름의 이야기 (5)」에서도 역시 무섭던 전쟁의 아픔을 그리고 있다. "나보다 더 공포에 질린 아버지는 거의 사색이 되어 정신을 못 차렸다 숨도 잘 못 쉬던 아버지는 길가 도랑으로 나를 낚아채듯 끌고 가 눌러 엎드리게 하고는 당신의 몸으로 나를 덮었다 아버지는 온몸을 떨며 땀에 흠뻑 젖었다"(「그 여름의 이야기 (5)」)에서 보듯 아버지는 무서운 기총소사에 아들을 자신의 몸으로 덮어 보호하려고 했다. 자식 앞에 당신 목숨은 없는 것이었다.

> 삭정이 가지 잘라 짊어진 등 굽은 할머니가
> 약발도 받지 않는 희미한 전등 들고
> 창백한 얼굴로 하늘 길 걸어간다
> 세월도 눈 흘기면 절름거린다는데
> 밤마다 지우는 그림자 누구였느냐
> 가시철망 두른 허리가 너무 아파
> 수십 년 속눈썹을 심었는데
> 아마 그때부터일 것이다
> 말은 들리는데 사람이 보이지 않는 것이
> 서로 몰라보고 원수가 돼 있는 것이

휴전선 새로운 역사의 단절이 시작된 곳
아우성과 통곡이 멈추지 않았던 곳
눈구름 천둥소리 참 오래도 으르렁거린다
달아, 그림자 없어도 좋은 섣달 그믐날
우리 통 큰 마음 먹고 철조망 좀 걷어내자.

—「달그림자」 전문

전쟁은 역사적 사건이다. 전쟁문학은 이런 역사적 사건인 전쟁이라는 극한상황 속에서 나타나는 인간의 행위와 그로 인한 실존적 고민, 이념의 차이가 어떻게 전쟁에서 구체적으로 반영되는가, 거대한 세력 간의 구조적 마찰의 결과로 일어나는 전쟁이라는 사건과 그것을 수행하는 한 개인의 삶의 의미와의 상관성, 전쟁을 수행하면서 혹은 전쟁을 거친 뒤 인간은 어떠한 변화를 겪고 어떻게 현실에 적응하는가 등을 다룬다.

6 · 25전쟁은 아직도 끝나지 않은 전쟁이다. 다만 쉬고 있을 뿐이다. 즉 한반도는 아직도 비극적인 상황 아래에 놓여 있다. 남과 북이 "서로 몰라보고 원수"가 되어 "휴전선 새로운 역사의 단절이 시작된 곳"에서 대치하고 있는 것이다. 우리만이 가지고 있는 이 비극적 상황에 대해 시적 화자는 "달아, 그림자 없어도 좋은 섣달 그믐날/우리 통 큰 마음 먹고 철조망 좀 걷어내자"고 염원한다.

다음으로 시인이 많이 다루는 소재는 '바람'이다. 그의 작품에는 '바람'이라는 시어가 유난히 많이 등장한다. '바람'의 의미는 유동적, 자유, 유랑, 시련, 고난, 유혹, 내적 갈망, 갈등 등으로 집약된다. '바람'이란 시어가 등장하는 몇 작품을 살펴보자.

눈 쌓인 봉화산 중턱 늙은 아카시아 가지 위에
바람으로 엮은 까치집 하나 걸려 있다
열심히 살아보자던 맹세의 말은
부화되어 소리 없이 날아가고
혼자만 모른 채 침묵하는 아카시아
눈을 맞는다 고단한 입김이 하얗게 서린다
참고 기다리는 것도 사는 요령이라고 하지만
나이테를 묶어놓고 온 생을 기다리는 사람이여
어쩌다 가슴속에 바람의 집 하나 지어놓고
이 겨울 살 찢는 바람 소리로 울고 있는가
다시 날아와 뜨거운 둥지 지을 사랑은 없는데
바람이 일 때마다 제 몸 내려치는 채찍 소리
노을 지는 언덕길 검은 문신으로 남아 있는
뜨거웠던 날의 흔적 지울 길 없어
푸른 이야기 풀어내는 나무 하나 꼿꼿이 서 있다.

—「바람의 집」 전문

아카시아는 인간화된 의미체이다. 그것이 서 있는 자리는 "봉화산 중턱"이다. 봉화산 중턱에는 '눈'이 쌓여 있고, '살 찢는 바람 소리'가 울고 있는 부정적 상황이다. 부정적 상황은 '나이테'라는 어휘에서 보이듯 육신의 노화를 의미한다. 육신의 노화는 '사랑'도 앗아가고 "제 몸 내려치는 채찍 소리"로만 남았다. 그러나 아무리 부정적 상황이라 해도 "푸른 이야기 풀어내는 나무 하나 꼿꼿이 서 있다"로 묘사될 만큼 단호한 삶의 결의와 함께 흔들리지 않는 자신의 존재를 확인하는 시그널이 드러나 있다. 시적 화자의 강인한 정신을 보여주는 작품이다.

제주도에 가면 앓던 사랑 하나 버리고 오너라
윗새오름 갈대꽃으로 소리 없이 꼭꼭 싸서
하르망 질긴 치마끈으로 질끈 묶고
애월 앞바다 구멍 숭숭한 돌로 눌러두고 오너라
등대지기 눈먼 사랑이야 누가 알기나 하겠느냐
날마다 혼자서 곱씹는 파도 소리가
네 울음소리임을 알기나 하겠느냐
떠나보낸 사람의 난바다인 것을
흰 갈매기 날개 같은 순하고 힘찬 사랑아
보이지 않는 파도의 섬까지 날아가서
겨우 울음 한 곡절 물고 돌아온 사연 알고 있느니
옛사람 다 그립지만 그냥 그 자리 두고 싶은 걸
선녀폭포 열목어에게 붉은 사연 다 내어주고
이제는 돌아서서 앓던 사랑 버리고 오너라
바람이야 묻지 않아도 그런 줄 알 것이니.

—「제주도에 가면」 전문

제주는 바람의 고장이다. 바람은 실체가 없다. 그러나 우리는 그걸 느낀다. 시적 화자는 사랑을 앓다가 제주를 찾는다. 그리고 자신의 전부였던 '사랑'을 제주에 두고 오려 한다. "앓던 사랑 하나 버리고 오너라/윗새오름 갈대꽃으로 소리 없이 꼭꼭 싸서/하르망 질긴 치마끈으로 질끈 묶고/애월 앞바다 구멍 숭숭한 돌로 눌러두고 오너라"라고 절규한다. 그러나 이 외침은 바닷바람에 실어 보내려는 것이 아니라 사랑을 잊고 싶지 않은 화자의 마음의 역설이다. "옛사람 그립지만 그냥 그 자리 두고 싶은" 마음을 강렬하게 표현한 작품이다. 바람은 허허롭다. 그 허허로운 바람을 안고 싶은 시적 화자의 마음이 절절하다.

낡은 사립문이 소슬바람에 삐걱거리고 있다
커다란 자물통을 입에 문 방문이 굳게 닫혀 있다
아무것도 걸려 있지 않은 빛바랜 나일론 빨랫줄
마당을 가로질러 길게 늘어져 있다
처마 밑 죽은 두꺼비집에는 낙태한 전깃줄이
잘린 채 흉터처럼 붙어 있다
좁은 툇마루엔 마른 바람의 먼지가 켜켜이 앉아
떠돌이 새들의 발자국을 찍어 전시하고 있다
마당엔 웃자란 잡초들이 시들어 을씨년스러운데
늦은 오후 고양이도 참새도 기웃거리지 않는다
한 시대의 생을 불태우던 부엌의 벽에는
떠나간 가장의 가슴처럼 그을음이 선명하다
가을 햇볕이 쓸쓸하게 쏟아져 내리는 담장 아래
핏빛 맨드라미 고개를 꺾고 기대어 있다
시간이 지날수록 떠난 이들의 생의 흔적이
유물처럼 점점 퇴색해간다 누구 하나 지켜보지
않는 뒤란 장독대엔 붉은 수수 대궁 하나
간드랑간드랑 제 그림자 키를 재며 몸을 흔들고
집 앞 외딴길에 붉은 오토바이 탄 집배원이
수채화 속의 풍경처럼 느리게 지나가고 있다.

—「빈집 스케치」 전문

허허로움은 곧 허망함과 통한다. 허망함은 잊어버린 꿈이나 가치 없이 보낸 삶과도 일치한다. 이 작품에서 '빈집'은 시의 화자의 정서에 대신해서 드러난 자신의 삶이다. 삶은 마치 "떠난 이들의 생"이 "유물처럼 점점 퇴색"하여 '소슬바람'에 낡은 사립문이 삐걱이는 존재이다. 인간의 온기를 잃은 '빈집'은 곧 허물어진다. 인간의 삶도 희망과 꿈을 잃으면 언제든 '빈집'처럼 사그러들어 허물어지고 말 것이다. 시인에게는 많은 연륜이 쌓이며 울적함을 토로하는 작품이 많다. 시인은 어느새 인생의 가을에 접어들었다. 세월은 우리의 몸에서 근육을 앗아가고 정신에서 꿈을 앗아간다. 가을을 노년에 비교하는 이도 있다. 이에 의하면 가을은 조락의 계절이다. 노년의 삶은 많은 인생을 손수 체험하면서 살아왔다. 가을이 비극적인 것은 곧 겨울이 닥치기 때문이다. 겨울이 다가오면 우리는 어쩔 수 없이 휴면에 접어들 것이다. 재생이 없는 휴면은 어찌 보면 슬플 수도 있다.

> 오로라의 땅을 긴 꼬리 흰여우가 방황하고 있다
> 사르륵사르륵 물레 잣는 소리로 눈은 쌓이고
> 골짜기마다 얼어터진 상처를 붕대로 감싸고 있다
> 설피도 신지 않은 눈사람들이 이따금
> 발자국 없이 힘겹게 어디론가 지나가고 있다
> 산다는 것은 흔적을 지우며 쌓이는 눈 같은 거
> 뭉쳐지지도 않고 녹여버릴 수도 없는 미망(迷妄)
> 눈발 속에 하얀 벙어리 백치들이 잔치를 연다
>
> ―「눈 내리는 밤」 부분

시적 화자는 이 작품에서 자신의 내면세계를 독백하듯이 혼자 중얼거리는 태도를 차용하였다. 그러면서 시적 화자와의 심리적 거리를 두고 있다. 시종 방황의 종말로 향하는 여정을 관찰하면서 "설피도 신지 않은 눈사람들이 이따금/발자국 없이 힘겹게 어디론가 지나가고 있다"로 표현한다. 그러면서 시의 화자는 "남은 자들만 불러 모아 춤을 추어야겠다/세차게 부는 바람의 박자에 맞추어 오래도록"(「만추 일기」)이라고 죽음에 대해 긍정적 태도를 견지하고 있지만, "그래도 미련을 두고 망설이는 것은/뜨겁게 내밀던 인연의 손길들/차마 뿌리치지 못해서입니다"(「선달」)라고 떠남을 아쉬워하기도 한다.

> 외로움의 눈 안에서 비는 눈물이듯
> 떠난다는 것은
> 또 다른 낯선 외로움을 만나는 것이다
> 잊혀졌던 지난 일들이 다시 머리 풀어
> 산자락을 온통 덮는다 하여도
> 떠난다는 것은
> 또 다른 사금파리 조각
> 가슴속에 묻는 일이다
> 끓어 넘치던 활화산에 세월이 덮여
> 눈 감은 휴화산이 되었다 할지라도
> 떠난다는 것은
> 숨어 끓는 뜨거운 마그마의 한 자락마저
> 심연 속 깊이 아주 묻어두는 일이다
> 비워둔 가슴 바다 때 없이 바람 일어
> 작은 새 한 마리도 보듬을 수 없는데
> 떠난다는 것은
> 또 다른 빈 배 한 척
> 파도 높은 망망대해에 풀어놓는 일이다.
>
> —「떠난다는 것은」 전문

시적 화자는 이 작품에서 자신의 죽음보다 두려운 이별을 이야기한다. 그것은 "떠난다는 것은"이란 구절이 네 번이나 반복

해서 나타나는 것에서 알 수 있다. 사람이 최후에 떠난다는 것은 결국 죽음을 뜻한다. 시적 화자는 시종 관계의 단절을 지켜보면서 자신의 마음을 비춰보는 관조적 태도를 견지하고 있다. 시상의 전개가 시간의 흐름, 공간의 이동, 대상의 이동 등에 따라 주제를 구성해 나가는 기법을 사용한다.

> 화장 지우고 소파에서 잠든 그녀의 얼굴 본다
> 산사의 대웅전 뜰에서 보는 몇 송이 제비꽃처럼
> 얼굴 마당에 돋아난 검은 꽃잎들
> 세월의 바람에 날아와 뿌리 내리고 싹틔운
> 이제는 깊이 박힌 못 자국까지 드러나고 있다
> 모래 속 조가비에 숨어 있던 흑진주가
> 몇십만 번의 파도에 씻겨 모습을 나타내듯
> 그녀의 밤하늘 얼굴에 별이 돋아나고 있다
> 여름밤 마당에 모깃불 피우고
> 할머니와 멍석 깔고 누워 별을 헤던
> 아스라한 그날의 풍경에서 할머니도 어머니도
> 지워진 얼굴 위에 반딧불이가 날고 있다
> 그녀는 내일 아침 일찍 일어나면 또 물을 것이다
> 나 어젯밤도 잠꼬대 많이 했느냐고
> 노을빛이 환한 생의 텃밭에는 세월의 씨앗이 자라고
> 얼룩점박이 트랙터가 소리 없이 지나가고 있다.
>
> —「모습, 그리고」 전문

시적 화자는 자신과 함께 나이 들어가는 아내의 모습을 안쓰러워한다. 젊은 시절 꽃 같았던 아내의 모습은 '검은 꽃잎들'이 가득하고 '깊이 박힌 못 자국'까지 드러나 있다. 그러나 시적 화자의 눈에는 그런 아내가 "모래 속 조가비에 숨어 있던 흑진주가/몇십만 번의 파도에 씻겨 모습을 나타내듯/그녀의 밤하늘 얼굴에 별이 돋아나고 있"는 것처럼 보인다. 아내는 "어젯밤도 잠꼬대 많이 했느냐"고 묻기도 한다. 그래도 아내는 화자에게 언제나 '반딧불이'로 날고 있다.

시인은 이번 시집에서 많은 현실에 대한 관심을 드러낸다. 현실과 관련된 문학적 성격은 "진실이란 무엇인가"의 문제로 귀결된다. 삶 속에서, 사회현실 속에서, 시대 속에서 과연 진실이란 무엇인가의 논의는 모든 문학인의 명제가 된다. 엘리엇(T. S. Eliot)은 그의 저서『시의 효용과 비평의 효용』에서 "시는 작자와 독자 사이의 어느 곳에 존재하며 그것은 단순히 작자가 표현해보려고 하는 또는 그것을 쓸 때 작자가 경험하는 또는 작자가 독자가 되어 경험하는 리얼리티만은 아닌 리얼리티를 가지고 있다"라고 말한 바 있다. 이는 시에 있어서의 의도의 문제와 관련이 있다. 여기에서 의도란 작자가 계획적으로 작품 가운데에서 표현하고자 하는 의미라고 바꾸어 말할 수 있다. 즉 작품의 표현 방법의 한 분야이다. 시인은 가난을 집 없이 떠돌아다니는 민달팽이에 비유했다.

아이들 세상 나오자마자 파랗게 질려
악을 쓰고 울더라, 집도 없이 살아갈 세상의
사막이 무섭기도 하고 공기는 숨이 찬데
세 살도 안 된 졸부 집 아이가 수천만 원의
재산세를 납부했다는 소문을 들어서일까
어머니의 배냇적 울음을 울어보는 것이다

스님도 제 머리를 제가 깎는 때
조용히 몸 전체를 집 한 채에 말아 넣고
반라(半裸)로 끌고 다니는 각질 달팽이가
너무 부러워 집시의 광대춤도 못 추는 밤
젖은 풀 한 포기 안고 잠 못 이루는 민달팽이,
내일은 또 어찌 붉은 맨살로 불판에 누워
이글거리는 사막을 건너갈 수 있을까
모두가 철거한 재개발지구 언덕 중턱
혼자만 떠나지 못하는 불 꺼진 비닐 창 너머
담배 연기 파랗게 타오르는 움막집 하나.

—「파란 민달팽이」 전문

가난의 문제는 우리의 것만 아니라 전 세계의 문제이다. 특히 아프리카 지역에 살고 있는 대다수의 사람들에게 가난은 정말 심각한 문제이다. 그 참상을 시인은 "굶주림에 눈도 제대로 못 뜨는 벌거벗은 생명들/눈부신 밝은 하늘 아래 쓰러지고 있다"(「까만 민달팽이」)라고 그린다. '파란 민달팽이'와 '까만 민달팽이'의 공통점은 집도 없이 살아가야 하는 운명을 가진 신세라는 점이다. 집이라는 껍질도 없이 사막처럼 혹독하고 이글거리는 세상을 살아가야 하는 민달팽이가 비단 어느 제한된 지역뿐만 아니라 모든 세계에 미만해 있다는 사실이 시인을 아프게 한다.

지하 단칸 셋방 기초연금으로 겨우 살아가는
노인은 죽기보다 인간 쓰레기가 되는 게 싫다고 했다
매일 일어나면 습관적으로 리어카를 끌고 나가

거리에서 쓸 만한 폐품 건져 올리는 일이 일과이다
젊은 시절 못다 주운 잃어버린 세월도 줍고
조각조각 찢어져 냄새 풍기는 세상도 휘저으며
골목길 시장통 주택가 버려진 것들 뒤지고 다닌다
주워보아야 하루 삼사천 원
허리에 붙일 파스 한 장 제대로 못 산다
그래도 줍는 일 계속하는 것은 생계에 대안이 없고
그나마 움직여야 작은 생기라도 돌기 때문이다
폐품을 줍는 일이 자신을 줍는 일인지도 모른다며
하루를 줍고 또 하루를 줍고 뼘을 재듯 목숨 줄 잇는 일
그래서 전 재산인 바퀴살 빠진 리어카와 매일 씨름한다

—「할머니와 폐품」 부분

가난은 비단 아이들의 문제만 아니다. 가난하고 돌보아주는 이 하나 없는 할머니는 "습관적으로 리어카를 끌고 나가" 폐품을 주워 살아간다. 젊은 시절 할머니에게도 아름다운 꿈이 있었으리라. 그래서 할머니는 '인간 쓰레기'가 되기를 거부하는 몸짓으로 폐품을 주우러 주택가를 뒤진다. 하루 벌이는 불과 삼사천 원에 불과하다. 아픈 허리에 붙일 파스도 살 수 없다. 할머니가 폐품을 줍는 일은 "폐품을 줍는 일이 자신을 줍는 일"인지도 모르고, "하루를 줍고 또 하루를 줍고 뼘을 재듯 목숨 줄 잇는 일"이다. 시인은 우리가 흔히 볼 수 있는 폐품 줍는 노인네들에게서 우리 사회의 병리와 모순을 발견한다. 그런 시인의 눈길이 따스하다.

살수차 지나간 도로 위에

벌 한 마리 흠뻑 젖어 기어가고 있다
젖은 날개가 치명적이다
하필이면 넓은 차도에서 살수차를 만났을까
미물에게도 운명이라는 게 있는 것일까
날아보려고 뒤뚱뒤뚱 안간힘으로 기어가는
벌의 발걸음 소리가 초조하게 들리는 듯하다
끝없이 달려오고 달려가는 차 차 차
순간, 젖은 땅 위에 번개 한 줄기 지나간다
존재 하나 눈 깜박할 사이에 사라진다

—「찰나」 부분

「찰나」라는 제목으로 미루어보면 불교적 사유에서 탄생된 작품일 수도 있고, 그렇지 않을 수도 있다. 그런데 미물인 벌 한 마리의 죽음을 발견하는 눈이 바로 불교적 사유에서 온 것이라고 볼 수밖에 없다. 왜냐하면 보통 사람의 눈에는 미물의 죽음이 별다른 의미를 주지 않기 때문이다. 어쩌다가 살수차가 뿌리는 물에 흠뻑 날개가 젖은 벌이 그로 말미암아 날지 못하고 땅바닥에서 버둥거리다가 차에 치여 죽음을 맞는다. 시인은 벌이라는 미물에서 인간의 모습은 본다. 우연히, 자신이 자초한 일이 아닌데도 물을 뒤집어쓰고, 그로써 죽을 지경에 이르는 일을 우리는 주변에서 흔히 본다. 그야말로 불행한 일이 아닐 수 없다. 시인은 우리의 존재의 생성과 소멸을 찰나라고 여기고 있다.

허열 시인은 이번 시집에서 오랜 기간 축적해온 자신의 인생관과 문학관을 여과 없이 보여주고 있다. 그의 작품 소재는 전